AF312952

LA BARBE

DE JUPITER,

VAUDÉVILLE EN UN ACTE,

Par MM. LUBIZE et RAUZET,

Représenté, pour la première fois, sur le théâtre des Folies-Dramatiques, le 13 mai 1837.

PRIX : SIX SOUS.

PARIS,

MORAIN, LIBRAIRE-ÉDITEUR,

au Cabinet Littéraire,

RUE DU FAUBOURG SAINT-MARTIN, N° 43,

AU COIN DU PASSAGE DE L'INDUSTRIE.

1837.

Y Th. 690

LA BARBE DE JUPITER,

VAUDEVILLE EN UN ACTE,

Par MM. LUBIZE et RAUZET,

Représenté, pour la première fois, sur le théâtre des Folies-Dramatiques, le 13 mai 1837.

PRIX : SIX SOUS.

PARIS,

MORAIN, LIBRAIRE-ÉDITEUR,

au Cabinet Littéraire,

RUE DU FAUBOURG SAINT-MARTIN, N° 43,

AU COIN DU PASSAGE DE L'INDUSTRIE.

—

1837.

BIBLIOTHEQUE ROYALE

Yth
1690

PERSONNAGES.ACTEURS.

GRIBOUILLET, *peintre,*   MM. Neuville.
PROSPER, *neveu du sous-préfet,*   Villars.
POTIN, *adjoint du maire,*   Blum.
FRIQUET, *son filleul, paysan,*
THÉRÈSE, *femme de Gribouillet,*   Mad. Delille.
Gendarmes, Paysans et Paysannes.

La scène se passe dans un village, p   s d'une sous-préfecture.

Imp. de J.-R. Mevrel, passage du Caire, 54. — Maillet.

LA BARBE DE JUPITER,

VAUDEVILLE EN UN ACTE.

Le théâtre représente un atelier de peinture. Porte d'entrée au fond ; à droite, portes latérales ; au fond, à gauche, à côté de la porte, une fenêtre recouverte d'une toile sur laquelle est peinte une tête de Jupiter sans barbe ; un rideau recouvre la fenêtre et la toile ; çà et là, des bustes, des tableaux, un bâton a poser, etc.

SCENE I.

GRIBOUILLET, *seul.*

Il achève de clouer la tête sur la fenêtre.

Voilà qui est terminé!.. qu'on y vienne maintenant .. je ne connais pas de sentiment plus stupide que la jalousie, plutôt que de posséder ce travers, j'aimerais mieux être libertin, ivrogne, cancannier, avoir la manie de jouer de la guimbarde ou la faiblesse de cultiver des hannetons... Eh! bien! non, la nature a voulu que je fusse jaloux et je le suis de la manière la plus plate... d'abord, je rends ma femme très malheureuse, c'est une justice à me rendre... aussi ayant appris qu'un gringalet rôdait depuis deux ou trois jours autour de ma maison, j'ai imaginé de clouer sur cette fenêtre l'enseigne représentant un Jupiter imberbe, que j'ai terminée hier pour M. Potin, notre adjoint, le marchand de son, recoupe et recoupette... je sais bien que je ne sors jamais sans fermer la porte à double tour, mais comme ma maison n'est qu'à deux pieds du sol et que, bien que les fenêtres n'aient été inventées que pour faire entrer l'air dans les maisons, les femmes s'en servent quelquefois pour introduire autre chose... je ne suis pas fâché de poser un factionnaire pour empêcher qu'un amant ne profite de mon absence.

* Les indications se trouvent en tête de chaque scène, et sont prises à la droite de l'acteur.

Air : *Mon ami, mon dieu tutélaire.*

S'il veut entrer, coûte que coûte,
Mon gardien se déchirera,
Et de sa visite sans doute
Mon Jupiter en rentrant m'instruira,
De me trahir surtout se gardera.
Pour confident l'avoir pris, quelle adresse !
Toujours riant, point faiseur d'embarras,
Et si discret, que j'en suis sûr, hélas !
On le battrait, on le mettrait en pièce,
Certainement il ne parlerait pas.

Mais j'entends ma femme, fermons ce rideau pour qu'elle ne voie mon stratagême que lorsque je serai parti.

SCENE II.

THÉRESE, GRIBOUILLET.

THÉRESE. Tiens, vous êtes encore là ?

GRIBOUILLET. Encore !.. en voilà un poli... de mot...

THÉRESE. Dam ! je vous croyais déjà bien loin.

GRIBOUILLET. Je vous gêne... n'est-ce pas ?

THÉRESE. Pas le moins du monde... mais comme vous deviez ce matin aller à la réception du nouveau sous-préfet qui arrive aujourd'hui de Paris.

GRIBOUILLET. Certainement.

THÉRESE. Je craignais que vous l'eussiez oublié.

GRIBOUILLET. L'oublier !.. moi?.. je m'en garderais bien, avant une demi-heure je serai à la ville... et quand ça ne devrait me rapporter qu'une extinction de voix, je veux crier d'une manière gigantesque, vive monsieur le sous-préfet, et je le saluerai... je le saluerai que ça en sera bête.

Air *du Baiser au porteur.*

La politesse, au gré de notre envie,
Nous conduit au sort le plus beau,
Et la fortune est souvent dans la vie

Le résultat d'un grand coup de chapeau.
Sur les degrés, pour que son temple s'ouvre,
Le chapeau bas, chacun court se blottir;
Car, de nos jours, l'habit brodé ne couvre
Que l'homme adroit qui sait se découvrir.

THÉRESE. C'est à la fois honnête et prudent.

GRIBOUILLET. Sans doute, si je veux être employé aux travaux que l'on va faire à la préfecture... et pour réussir je commence par les révérences.

THÉRESE. Je conçois c'est ce qui coûte le moins.

GRIBOUILLET. Et ce qui rapporte le plus.

THÉSESE. Ça vous ôtera ce loisir de perfectionner à mon égard votre système de persécution.

GRIBOUILLET. Moi, te persécuter! oh! non, non, non, jamais.

THÉRESE. Comment jamais? mais vous ne faites que ça.

GRIBOUILLET. Quel blasphême! moi qui use ma vie à t'entourer d'égards et de douceurs, la semaine dernière ne t'ai-je pas acheté une croix d'argent et des chaussons de lisière ?

THÉRESE. A quoi bon me donner des bijoux ?.. je n'ai pas l'occasion de m'en parer, je ne sors jamais, témoins cette robe et ce bonnet (*Elle les montre*) que je devais mettre aujourd'hui pour aller à la fête, et je reste ici.

GRIBOUILLET. Hier ne t'ai-je pas conduite au bord du grand étang ?

THÉRESE Oui, du côté où il n'y a personne.

GRIBOUILLET. Afin de respirer plus librement.

THÉRESE. Vous ne voulez jamais me mener à la danse.

GRIBOUILLET. La danse... le plaisir le plus bête... le plus nuisible à la santé.

THÉRESE. Dites plutôt que la jalousie...

GRIBOUILLET. Eh bien! oui, je suis jaloux comme un dromadaire... je hais les hommes qui te regardent... quand je suis loin de toi je me figure qu'on t'accable d'œillades et de déclarations... quand je dors, je rêve sans cesse chats, tigres, renards et autres types de trahisons, enfin, je suis malheureux, furieux et stupide, je voudrais détruire tout le sexe mâle du genre humain.

THÉRESE. Vous n'avez pas le sens commun.

GRIBOUILLET. C'est-à-dire que je t'aime beaucoup trop.

THÉRESE. Tâchez de ne pas m'aimer du tout.

GRIBOUILLET. Mes facultés s'y refusent.

THÉRESE. Eh bien ! prenez votre parti.

GRIBOUILLET. J'aime mieux prendre mes précautions.

THÉRESE. Vous n'êtes qu'un vieux tyran... et je finirai par vous haïr.

GRIBOUILLET. Ce serait de ta part un trait bien petit.

THÉRESE. Je vous rendrai malheureux.

GRIBOUILLET. Tu es trop bonne pour en venir à une telle extrémité.

THÉRESE. Je vous tromperai.

GRIBOUILLET. Thérèse, tu t'égares.

THÉRESE. Je ferai des yeux à tous les hommes.

GRIBOUILLET. Thérèse.

THÉRESE. Je vous ferai...

GRIBOUILLET. Thérèse, Thérèse, je sors, car si je restais vous finiriez par vous laisser aller à quelque grosse sottise inconvenante et anti-conjugale.

Il sort brusquement et ferme la porte a double
tour.

SCENE III.

THERESE, *seule.*

Il m'enferme encore, j'ai beau me fâcher, le menacer, ça ne le guérit pas... il est bien heureux que je sois naturellement attachée à mes devoirs!.. cependant s'il ne change pas de conduite à mon égard... ma foi je ne promets pas d'avoir toujours de la patience... c'est que depuis trois jours je vois rôder autour de la maison un jeune homme très convenable et qui me regarde avec des yeux très séducteurs... (*On entend une musique lointaine.*) Quest-ce que j'entends? de la musique... c'est tout le village qui va-à la fête de la ville... et dire que moi seule... oh! comme j'enrage... forcée de se contenter de les voir passer... (*Elle ouvre le riaeau.*) Qu'est-ce que c'est que ça? ah! je comprends! c'est pour m'empêcher d'ouvrir cette fenêtre, ceci est trop fort, voilà un trait qui ne peut rester impuni... je veux sortir d'ici, mais comment? ah! j'y suis.

SCENE IV.

THERESE, FRIQUET, et Chœur en dehors.

CHOEUR, *en-dehors.*

Air : *Ah ! lorsqu'on est fille* (Cheval de bronze).

A la fêt' faut courir;
Filles de ce village,
Laissez-là votre ouvrage,
Et v'nez vous divertir.

THÉRESE, *près de la porte.* Ils s'éloignent.

FRIQUET, *en dehors.* oh! hé! les autres.

THÉRESE. C'est la voix de Friquet, le filleul de l'adjoint du maire. (*Elle appelle.*) Friquet! Friquet!

FRIQUET, *en dehors* Qui m'appelle?

THÉRESE. Moi, Thérèse.

FRIQUET. Ah! c'est vous, madame Gribouillet, quoi que vous voulez?

THÉRESE. Un voleur s'est introduit dans le grenier.

FRIQUET. Un voleur!

THÉRESE. J'ai bien peur... et je suis enfermée... va vite prévenir ton parrain pour qu'il fasse ouvrir cette porte.

FRIQUET. C'est dit, un serrurier et mon parrain, j'y cours.

SCÈNE V.

THERESE, *seule.*

Ah! monsieur mon mari, vous me livrez bataille... eh bien, j'accepte le combat... je ne suis pas la plus forte, mais je tâcherai d'être la plus rusée.

Air : *Si ça t'arrive encore.*

Quand les autres vont s'amuser
Vous cloitrez ainsi votre femme,
De vos droits c'est trop abuser,

Je m'en vengerai, sur mon âme.
Pour moi les voir se promener,
Lorsqu'ici je suis enfermée,
N'est-ce pas voir un bon dîner
Dont je n'aurais que la fumée.

On entend remuer la fenêtre. Quest-ce que j'entends, on dirait qu'on remue cette fenêtre.

La fenêtre cède, la tête est déchirée, Prosper parait.

SCÈNE VI.

PROSPER, THERESE.

THÉRESE, *effrayee.* Ah! mon Dieu!

PROSPER. N'ayez nulle frayeur... bien que je me présente par la fenêtre, je ne suis pas un filou... (*A part.*) Je suis sauvé!

THÉRESE, *à part.* C'est ce jeune homme qui rôde depuis trois jours... (*Haut.*) Mais, monsieur, il me semble que se présenter ainsi chez les gens...

PROSPER. C'est un peu familier j'en conviens.

THÉRESE. Et votre conduite...

PROSPER. Est en apparence celle d'un polisson... mais tout va s'expliquer... me reconnaissez-vous ?

THÉRESE, *à part.* Ne lui disons pas que je l'ai remarqué. (*Haut.*) Je ne vous ai jamais vu...

PROSPER. Jamais!.. alors je suis un mortel bien malheureux, ou bien vous êtes diablement miope, car depuis trois jours, je ne quitte les alentours de votre maison que pour mes repas... six fois... je fais six repas... autrement je suis toujours là, sifflant, toussant, chantant, enfin employant pour me faire remarquer tous les moyens dont un être civilisé peut être susceptible... hier encore j'ai imité le chant de la grenouille... vous n'avez pas entendu?..

THÉRESE. Je ne m'en suis pas aperçue.

PROSPER. Vous avez cru que c'était une véritable grenouille... j'imite si bien cet amphibie... c'était trop nature, c'était trop nature.

THÉRESE. Enfin, monsieur, me direz-vous ?

PROSPER. Ce qui m'amène ?..

THÉRESE. Sans doute.

PROSPER. Vous n'avez pas deviné... ou plutôt vous n'avez pas voulu deviner que l'amour... cet éternel amour...

THÉRESE. Assez, monsieur, votre conduite a lieu de me surprendre...

PROSPER. Je conçois votre colère et je m'y attendais... mais sachez que je n'ai pu résister à mon cœur, c'est un tyran plus puissant que toutes les convenances... il s'est épris de vous... mon cœur... et il m'a poussé dans cette fenêtre... et il me pousse à vos pieds.

THÉRESE. Monsieur, je ne puis écouter.

PROSPER. Et moi je ne puis me taire... oui, madame, en dépit de votre mari et des liens indissolubles dont vous êtes affublée, je vous adore, je vous idolâtre.

THÉRESE. Savez-vous monsieur, que vous êtes bien hardi.

PROSPER. C'est le fruit d'une bonne éducation.

THÉRESE. Vous introduire par une fenêtre.

PROSPER. Tout chemin conduit... au bonheur.

THÉRESE. Me faire une déclaration à moi qui ne vous connais pas.

PROSPER. Je vous ferai voir mes papiers.

THÉRESE. A moi qui suis mariée.

PROSPER. Je foule aux pieds votre mari et tous les actes de l'état civil.

THÉRESE. Enfin, monsieur, que voulez-vous ?

PROSPER. Ce que je veux ?.. je veux un peu de cet amour dont je vous en offre beaucoup...

THÉRESE. C'en est assez, monsieur, sortez.

PROSPER. Voilà comme vous recevez un jeune homme sensible et intéressant... eh bien! (*Il sort un canif de sa poche.*) Je vais mettre un terme à mon existence qui n'a plus que faire sur ce globe. *

THÉRESE. Arrêtez... le malheureux! (*A part.*) Ce serait dommage de le laisser mourir. (*Haut.*) Mais que faut-il faire pour vous empêcher de vous tuer ?

PROSPER. Dites-moi que vous me permettez d'espérer qu'un jour...

THÉRESE. Une telle promesse.

PROSPER. Ah! j'attendrai... très longtemps, s'il le faut.

* Thérèse, Prosper.

THÉRESE, *à part.* Ah! monsieur Gribouillet, conduisez-vous bien avec moi. (*Haut.*) Mais vous ne savez pas à quoi m'expose votre passion j'ai un mari jaloux et brutal, qui non content de m'enfermer avait encore placé cette toile devant cette fenêtre.

PROSPER. Pour empêcher l'amour de l'escalader... mais l'amour est comme Gusman, il ne connait pas d'obstacles.

THÉRESE. Vous riez... mais quand il rentrera, mon mari me battra, me tuera.

PROSPER. Rassurez-vous.

Air de M. Guillaume.

> Jadis le ciel présageant nos disgrâces,
>> Pour rassurer nos cœurs tremblans,
>> En vous donnant toutes les grâces,
>> Me fit don de quelques talens,
>> Oui, je possèd' quelques talens ;
> C'est donc à tort ici que votr' cœur tremble,
> Car j'vous promets de faire devant vous,
>> Un' vilain' tête qui ressemble
>> A cell' de votre époux.

THÉRESE. Quoi vous pourriez ?

PROSPER. Rien de plus facile... que représentait cette croûte ?

THÉRESE. Une tête de Jupiter... je crois.

PROSPER. Une tête de Jupiter!.. c'est mon triomphe. Donnez-moi une toile et des pinceaux et je vous réponds que votre brutal sera parfaitement enfoncé.

THÉRESE. Quel bonheur!.. je vais vous chercher tout cela.

SCENE VII.

PROSPER, *seul.*

Comme je suis roué!.. d'honneur j'aurais du naître du temps de la régence... je suis un véritable talon rouge... je suis paresseux et gourmand, j'ai des dettes, je suis séducteur jusqu'au bout des ongles, enfin rien n'y manque pour faire de moi un aimable vaurien... mais je crains bien d'être arrivé au terme de mes fredaines... d'abord, je suis fort traqué par mes créanciers puisque pour m'y soustraire, je suis depuis trois jours à la ville voisine chez ma tante, la femme du nouveau sous-préfet... mais voilà que tout-à-l'heure mon oncle arrive incognito de Paris, il apprend que je suis logé chez lui et pour quel motif... il se donne à peine le temps de passer sa robe-de-chambre et il me fait demander, j'étais au fond du jardin à manger des groseilles à maquereau... sans habit et sans chapeau et c'est dans ce modeste négligé que je me présente devant lui... je n'en fais ni une, ni deux, je m'élance dans ses bras sévères qui me repoussent dans un fauteuil où je commence à entendre les premières phrases d'un sermon fort bien écrit, mais très ennuyeux pour moi infâme mauvais sujet indomptable... j'étais assis près de la fenêtre qui donne sur la cour... tout-à-coup j'aperçois une de ces figures dont le signalement est imprimé dans ma mémoire... tranchons le mot un de ces gardes du commerce dont je suis le but... ma foi sans égard pour l'éloquence du sous-préfet, je m'élance brusquement dans le jardin, ayant eu soin de m'emparer du chapeau et de l'habit de mon oncle, dans lesquels je me suis introduit derrière un arbre... je me suis dirigé ventre à terre jusqu'à cette petite maison qui contient l'objet charmant dont je suis épris depuis trois jours... maintenant qu'est-ce que tout cela va devenir ?.. je n'en sais rien, me voilà sans argent et sans domicile... je me trompe car j'en ai un domicile... je suis logé dans l'habit de mon oncle le sous-préfet et je dis que je suis grandement logé... eh bien ! mon caractère perce à travers toutes ces tribulations, j'oublie mes chagrins pour séduire cette femme d'artiste qui du reste me semble avoir des dispositions.

BIBLIOTHÈQUE ROYALE

SCENE VIII.

THÉRESE, PROSPER.

THÉRESE. Quel heureux hasard ! voici une seconde tête commencée par mon mari.

PROSPER. Délicieux, il n'y a presque rien à faire.

THÉRESE. Alors dépêchez-vous.

PROSPER.

Air : *Cependant je doute encore* (Une Passion).

Un baiser, et je commence,

THÉRÈSE.

Un baiser !

PROSPER.

Un seul.

THÉRÈSE.

C'est heureux !

PROSPER.

Mais je l'exige d'avance.

THÉRÈSE.

L'ultimatum est rigoureux.

PROSPER.

Je suis sans miséricorde.

THÉRÈSE.

Je vous résiste à mon tour.

PROSPER.

Pourquoi ce point de discorde ?
A l'amitié l'on accorde
Ce qu'on refuse à l'amour.

Je cède par convenance.

THÉRÈSE.

C'est fort bien d'être obéissant.
J'en garderai souvenance ;
Mon cœur sera reconnaissant,
Et, puisque l'on me rançonne,
Je dois céder en ce jour.

PROSPER, *l'embrassant.*

O ciel, que vous êtes bonne !

THÉRÈSE.

Car à l'amitié l'on donne
Ce qu'on refuse à l'amour.

THÉRÈSE. Est-ce bien avancé ?

PROSPER. J'achève la barbe.

THÉRÈSE. Mais l'autre en avait-il une ?

PROSPER. Il n'y a pas de doute... les Jupiter ont toujours une superbe barbe... c'est le type.

THÉRÈSE. A la bonne heure... mais dépêchez-vous, car je tremble de voir arriver M. Gribouillet... ah ! j'y songe, moi qui ai dit à Friquet d'aller chercher le maire et la garde sous le prétexte qu'il y avait un voleur dans la maison.

PROSPER. Vous avez eu là une mauvaise idée... mais voilà qui est terminé.

THÉRESE. Quel bonheur?.. tenez voici des clous et un marteau...

PROSPER. Très bien!

Il cloue le tableau.

THÉRESE. C'est qu'il n'y paraît plus... que vous êtes heureux d'avoir des talens.

PROSPER. J'ai toujours entendu dire que les talens étaient utiles...

THÉRESE, *avec effroi.* Ah! j'entends marcher... c'est mon mari!.. monsieur allez-vous en.

PROSPER. Par où?

THÉRESE. Par où vous êtes venu.

PROSPER. Et la tête?

THÉRESE. Je suis perdue...

PROSPER. Nous n'avons pas songé à la retraite...

THÉRESE. Que faire?

PROSPER, *à part.* Ma position est diablement délicate... le mari me fait l'effet d'un homme assez mal élevé...

THÉRESE. Il met la clé dans la serrure.

PROSPER, *à part.* C'est drôle comme j'ai froid... je ne reculerais pas devant une chauffrette dans ce moment-ci.

THÉRESE. Entrez dans ce cabinet.

PROSPER. Vous ne m'oublierez pas...

THÉRESE. Ne craignez rien...

PROSPER, *à part.* L'amour a aussi son mauvais côté.

Il entre dans le cabinet.

THÉRESE.-Voilà une leçon dont je me souviendrai.

SCÈNE XI.

THÉRESE, *puis* GRIBOUILLET.

THÉRESE, *à part.* Il était temps.

GRIBOUILLET, *entrant.* Me voilà de retour...

THÉRESE. Il me semble que vous n'avez pas été longtemps?

GRIBOUILLET. Je crois bien... je n'ai nullement vu monsieur le sous-préfet... tandis que nous l'attendions d'un côté il est arrivé de l'autre... et dès qu'il a été enfermé dans sa maison, il nous a fait dire que des affaires de famille l'empêchaient de nous recevoir... comme c'est gracieux... tout ce que nous avons su, c'est que nos pétitions lui avaient été adressées à Paris.

THÉRESE. Il aura eu le temps de les examiner.

On frappe.

GRIBOUILLET. On a frappé.

THÉRESE. Qui est là?

POTIN, *en dehors*. C'est moi.

THÉRESE, *ouvrant*. C'est M. Potin.

GRIBOUILLET. L'adjoint du maire.

SCENE X.

GRIBOUILLET, POTIN, THÉRÈSE

GRIBOUILLET, *à Potin*. A votre service, si j'en étais capable.

POTIN. Bien et vous? merci... mais trève de politesse comme dit c't autre.

GRIBOUILLET. Vous venez pour votre affaire?

POTIN. Précisément... j'arrive de la ville où par parenthèse, je n'ai pu voir le nouveau sous-préfet.

GRIBOUILLET. Comme moi.

POTIN. Et en revenant au village au milieu de mes paysans dont je suis l'adjoint, je suis entré chez vous comme dit c't autre....

THÉRESE. Vous ne passez pas dans la chambre pour causer?

GRIBOUILLET. Du tout... c'est ici que nous avons affaire...

THÉRESE. C'est différent. (*A part.*) Comment le faire sortir?

GRIBOUILLET. Nous n'avons pas besoin de toi.

THÉRESE. Je me retire. (*A part.*) Pauvre jeune homme.

SCENE XI.

GRIBOUILLET, POTIN.

POTIN. Ah! ça voyons, avez-vous terminé mon enseigne?

GRIBOUILLET. Entièrement... et s'il faut vous le dire à la face du ciel, je crains bien de m'être surpassé.

POTIN. Vrai ?.. ah ! M. Gribouillet, s'il en est ainsi... j'ajouterai à ce dont nous sommes convenus un des huit petits chats que le ciel vient de m'envoyer.

GRIBOUILLET. Merci... ne me parlez pas de chats, j'en rêve la nuit.

POTIN. Voyons, voyons, je brûle du désir de contempler ce Jupiter qui indiquera aux passans ma demeure... satisfaites mon impatience.

GRIBOUILLET, *ouvrant le rideau.* Voilà !

POTIN. Ah !

GRIBOUILLET. Qu'est-ce que c'est ? une crampe... il faut frotter... frottez...

POTIN. Je n'ai pas de crampe.

GRIBOUILLET. Qu'avez-vous donc alors ?

POTIN. Il le demande... Gribouillet, après trois mois de réflexions et de recherches fort minutieuses, quelle enseigne eus-je la pensée ingénieuse de placer en lettres d'or sur mon magasin de son, avoine, recoupe et recoupette ?

GRIBOUILLET. Vous imaginâtes de faire écrire : au Jupiter imberbe.

POTIN. Gribouillet, regardez un peu votre habitant de l'Olympe...

GRIBOUILLET, *regardant.* Ah !

POTIN. Gribouillet, auriez-vous des crampes ?.. il faut frotter... frottez, Gribouillet.

GRIBOUILLET. Laissez-moi... il me passe comme des charbons allumés dans tout le corps... je me fais l'effet d'être tombé d'un sixième étage, j'ai le bout du nez tout froid et je suis possédé d'une soif dévorante.

POTIN. Gribouillet, vous avez quelque chose, mon ami.

GRIBOUILLET. O mon Dieu !

POTIN. Gribouillet, mon ami, qu'avez-vous ?

GRIBOUILLET. Adjoint, j'ai pour vous la plus sincère amitié; j'ai beaucoup entendu parler de vos vertus et de votre cœur sensible... aussi je ne crains pas de solliciter de votre bonté une grâce fort supérieure.

POTIN, *un peu effrayé de l'agitation de Gribouillet..* Parlez,

Gribouillet, à quel travail humiliant faut-il me livrer, à quelle
extravagance ridicule dois-je me laisser aller ?..

GRIBOUILLET. Adjoint, il faut vous retirer à l'instant même.

POTIN, *allant à reculon vers la porte.* Gribouillet, vous ne
vous serez pas adressé envain à un ami... je m'éloigne, adieu,
Gribouillet... je reviendrai plus tard pour mon enseigne. (*A
part en sortant.*) Cet homme a de l'hidrophobie dans le regard.

SCENE XII.

GRIBOUILLET, *puis* THÉRESE.

GRIBOUILLET. Je suis bien aise qu'il soit parti... l'adjoint,
car dans l'état de crispation où je me trouve, j'aurais été capable de le battre... non que je lui en veuille... mais comme ça...
sans savoir pourquoi... j'éprouve le besoin de taper... mais je
suis trop civilisé pour ne pas me retenir, ah! voilà ma femme,
je sens la colère qui me remonte... oh! oh! les nerfs... contrai-
gnons-nous.

THÉRESE. Ah! M. Potin est parti...

GRIBOUILLET. Oui.

THÉRESE. Ah! quel drôle d'air vous avez... oui, Thérèse,
mon air est extrordinaire.... c'est qu'il m'est arrivé quelque
chose....

THÉRESE. Ah! mon Dieu, auriez-vous été volé ?

GRIBOUILLET. Volé ?.. non... je n'ai rien de moins, j'ai au
contraire quelque chose de trop.

THÉRESE. Et vous appelez ça un malheur ?

GRIBOUILLET. Thérèse... vous êtes une effrontée...

THÉRESE. Moi ?

GRIBOUILLET. Thérèse... vous m'avez trompé... vous avez
répandu de la honte sur mes cheveux gris et vous avez sali mon
front...

THÉRESE. Je ne vous comprends pas.

GRIBOUILLET. Vous ne me comprenez pas? en ce cas je vais
appeler les objets par leur nom... Thérèse, quelqu'un est entré
ici en mon absence... j'ignore si c'est un militaire, un paysan
ou un bourgeois, ce qu'il y a de sûr, c'est que c'est un peintre.

THÉRESE. Je vous assure...

GRIBOUILLET. Ne cherchez pas à me tromper... il m'a mis au menton une barbe qui me défrise.

THÉRESE, *à part.* L'autre n'en avait pas.

GRIBOUILLET. Vous restez muette et interdite...

THÉRESE. Moi muette et interdite... non, tyran... je veux me montrer à la fin... je suis lasse de me laisser traiter comme une esclave... je veux être libre... je veux de la liberté.

GRIBOUILLET. Ceci me rendra imbécile... ma femme qui montre les dens... tant mieux ça me donnera l'occasion de me mettre en colère... (*Il prend un bâton.*) Brrr... il faut que je tape.

THÉRESE. Grâce... grâce... (*On frappe.*) Ah! je suis sauvé!

GRIBOUILLET. Qui vient nous déranger?.. eh! quoi on ne peut pas battre tranquillement sa femme dans son ménage.

Thérèse ouvre.

SCENE XIII.

THÉRÈSE, POTIN, GRIBOUILLET, Gendarmes au fond.

CHŒUR.

Air : *Bien vite auprès de mon malade* (Misères).

Il faut ici que le coupable,
Aujourd'hui soit arrêté,
Et que d'un adjoint respectable
On respecte l'autorité.

POTIN. Gardez tous les issues...

GRIBOUILLET. Qu'est-ce que ça signifie tout ça!.. est-ce que vous venez pour m'arrêter?

POTIN. Du tout je viens pour le voleur...

GRIBOUILLET. Quel voleur?

POTIN. Parbleu! le voleur qui à l'instar d'un chat, s'est introduit dans votre grenier, comme dit c't autre.

GRIBOUILLET. Dans le grenier?

THÉRESE. Vous vous trompez.

POTIN. Moi jamais... Je rencontre à l'instant Friquet mon filleul, lequel vient de me dire qu'il me cherche depuis deux heures pour venir arrêter un voleur qui est ici... j'ai eu beau lui représenter que je sortais de chez vous et que vous ne m'en aviez point parlé; il m'a soutenu que madame livrée à la plus grande frayeur a oui le criminel se glisser dans les replis de votre grenier; est-ce clair?

THÉRESE. Pas du tout.

GRIBOUILLET, *à part.* Ma femme me semble embarrassée... car enfin pourquoi n'a-t-elle point touché un mot du voleur en question la première fois que l'adjoint est venu... pourquoi ma tête a-t-elle une barbe... tout ceci cache un mystère dont je vais essayer de saisir la queue.

POTIN. Voyons, décidez-vous, y a-t-il ou non un voleur?.. aurai-je ceint mon écharpe pour le roi de Prusse, comme dit c't autre?

THÉRESE. Il n'y en a pas.

GRIBOUILLET. Je vous dis, moi, qu'il y en a un...

THÉRESE, *à part.* Je suis perdue...

GRIBOUILLET. Et comme j'éprouve le désir de converser avec ce coquin avant qu'il ne soit confisqué au profit de la justice...

POTIN. Bon...

GRIBOUILLET. Je vous prie de vous tenir un instant en dehors, en ayant soin de ne rien laisser sortir de suspect.

POTIN. Voilà un plan fort bien arrêté.

THÉRESE. Mais à quoi bon tout cela, puisqu'il n'y a pas de voleur.

GRIBOUILLET. Madame Gribouillet, au nom de l'autorité que je tiens de Dieu et des hommes, je vous somme de vous taire... sortez, adjoint.

POTIN. J'y vais.

Reprise du chœur.

Il faut ici que le coupable, etc.

Potin sort avec les gendarmes.

SCENE XIV.

THÉRESE, GRIBOUILLET.

GRIBOUILLET. Madame, il y a dans cette maison un être caché.

THÉRESE. Comment, monsieur...

GRIBOUILLET. Ne chargez pas votre conscience d'un mensonge inutiles et indigeste... j'ai lu la chose dans votre embarras.

THÉRESE. Mais...

GRIBOUILLET. Trève de mots... aidez-moi à passer cette robe.

THÉRESE. Que voulez-vous faire?

GRIBOUILLET, *prenant la robe de Thérèse et la mettant.* Profiter de l'obscurité pour me faire faire la cour... je veux qu'on me fasse la cour, c'est mon idée...

THÉRÈSE, *avec une gaité forcée.* Quel enfantillage!

GRIBOUILLET. Je suis jeune... je veux rire un peu... (*A part.*) Je suis comme un croquet, (*Il est habillé.*) Maintenant laisse-moi.

THÉRESE. Vous êtes bien décidez?..

GRIBOUILLET. Sortez, madame, sortez ou vous recevrez sur la tête quelque chose de fort gênant

THÉRESE. Qu'est-ce que ça va devenir.

Air de Mila.

GRIBOUILLET.

Sortez et laissez-moi tranquille,
Car je veux séduire à mon tour,
Votre présence est inutile
Quand on va me faire la cour,
Puisqu'on va me faire la cour.

ENSEMBLE.

GRIBOUILLET.

Sortez, etc.

THÉRÈSE.

Vraiment je ne suis pas tranquille,
Je crains un malheur en ce jour,
Car il me semble difficile
D' prouver qu'on n' m'a pas fait la cour.

SCENE XIX.

GRIBOUILLET, *seul.*

Maintenant mettant à profit mon intelligence, il m'est facile de deviner où est caché le godelureau, attendu qu'il n'y a que deux endroits propices à cet usage, le grenier et ce cabinet. (*On en-*

tend éternuer Prosper.) Oh!.. on a éternué de là... donc il y a là quelque chose de suspect, ce n'est plus un doute... c'est une réalité, je fais partie des maris... infortunés... j'espérais m'être trompé... mais hélas, il n'est que trop vrai!.. ça fait mal... ça fait bien mal... et si je le pouvais je verserais des larmes grosses comme une biche... mais non, le ciel me le refuse... mon œil est sec... je dis mon œil car l'autre pleure toujours, c'est dans sa nature .. puisque l'attendrissement m'est interdit... jetons-nous du côté de la colère, ça me soulagera... éteignons le luminaire et donnons à notre voix la faculté du timbre féminin.

Il souffle la lumière et va frapper à la porte.

SCENE VXI.

GRIBOUILLET, PROSPER.

GRIBOUILLET, *contrefesant sa voix.* Venez, monsieur, venez.

PROSPER. Me voilà.

> Prosper sort de la chambre, pendant ce temps Gribouillet s'est éloigné, il revient et dans l'obscurité il se heurte contre Prosper, tous deux crient.

PROSPER. Oh là !

GRIBOUILLET, *sans contrefaire sa voix.* Aye !

PROSPER, *à part.* Voilà un aye bien mâle, serais-je dans un guet-à-pens ? tenons-nous sur nos gardes.

Il prend le bâton à poser.

GRIBOUILLET, *changeant sa voix.* Je suis seul... vous pouvez approcher.

PROSPER. Il y a du mari au fond de cette voix.

GRIBOUILLET. Eh bien ! vous ne me dites rien ?

PROSPER, *à part.* C'est un creux de mari, bien sûr, oh ! je suis frappé d'une idée fort ingénieuse pour le mettre dedans et sauver sa femme.

GRIBOUILLET. Comme vous êtes froid avec moi.

PROSPER. Madame, je ne sais à quoi attribuer le langage aussi nouveau que particulier qui frappe mon oreille, vous qui ce matin aviez de la sévérité jusqu'à la plante des pieds.

GRIBOUILLET, *à part.* Qu'entends-je ?

PROSPER Je le vois, vous n'êtes qu'une femme comme ily en a beaucoup, et vous êtes indigne d'avoir uu mari comme celui dont vous êtes munie.

GRIBOUILLET, *à part*. Je suis hébêté !

PROSPER. Femme légère, apprenez à me connaitre, j'aime votre mari et je m'intéresse à lui, le sachant absent, ce matin je me suis introduit auprès de vous, jetant autour de vos oreil·les tous les prestiges de séduction dont j'étais susceptible, vous m'avez reçu fort mal, tranchons le mot, comme un chat dans un jeu de quilles.

GRIBOUILLET, *avec attendrissement*. Un chien.

PROSPER. Est-ce un chien? va pour un chien... Je continue : vous avez répondu à mes déclarations par une nuée de coups de poing qui ont versé du baume dans mon cœur.

GRIBOUILLET, *à part*. Cette chère amie.

PROSPER. Mais maintenant que vous me faites d'indignes avances, le chagrin et la colère s'emparent de mes facultés.

GRIBOUILLET, *à part*. En voilà un, d'ami.

PROSPER Aussi je vous traiterai comme vous le méritez.

Il lui donne une tape sur la tête.

GRIBOUILLET. Aye... cet homme a mon estime.

PROSPER, *lui donnant des coups*. Tenez, tenez, voilà comme on parle aux femmes de votre espèce.

GRIBOUILLET. Aye.. aye... assez, excellent ami... aye.

PROSPER. Votre mari sera vengé !

GRIBOUILLET. Oh ! là ! là ! là !

SCENE XVII.

POTIN, THERESE, GRIBOUILLET, PROSPER, Gendarmes.

TOUS. Quel est ce bruit? M. Gribouillet !

PROSPER, *feignant la surprise*. M. Gribouillet !

POTIN. La conversation était chaude...

PROSPER. Quoi! ce n'était pas votre femme ?

GRIBOUILLET. Pas le moins du monde.

PROSPER. Ah! j'en suis bien aise pour vous et pour elle.

GRIBOUILLET, *se frottant le dos*. J'ai des preuves irrécusables de sa vertu... mais puis-je savoir le nom de l'ami généreux...

PROSPER. Plus tard, mon cher Gribouillet, je me ferai connaître... mais aujourd'hui un incognito des plus strictes m'est indispensable. *

GRIBOUILLET. Je n'insiste pas.

POTIN. Un instant... tout ça ne peut se passer de cette sorte... en ma qualité d'autorité j'ai été requis pour arrêter un voleur...

* Potin, Prosper, Gribouillet, Thérèse.

à cet effet je me suis transporté ici avec la force armée, il serait injuste d'avoir dérangé des gendarmes pour rien et il me répugnerait de les renvoyer les bras croisés.

GRIBOUILLET. Mais qu'est-ce que ça fait?

POTIN. Qu'est-ce que ça fait?.. le mot n'est pas heureux, Gribouillet... mais revenons à nos affaires comm' dit c't autre... Jeune homme dans un pays bien administré il ne peut y avoir d'anonyme... veuillez décliner vos papiers.

PROSPER, *à part.* Mes papiers... est-ce que j'en ai des papiers. (*Il fouille à sa poche.*) Tiens, en voici... (*A Potin.*) Tenez, magistrat irréprochable. (*A part.*) Je n'aime point cet adjoint... il a une vilaine chevelure.

POTIN, *à Gribouillet.* Lisez-nous un peu ça.*

GRIBOUILLET. Donnez... donnez.

PROSPER, *à part.* Qu'est-ce que ça peut être?

GRIBOUILLET. Dieu! ô bonheur!.. ma pétition au sous-préfet... et au bas de sa main propre... voyez Potin.

PROSPER, *à part.* Je saisis... l'habit de mon oncle, dans lequel je suis inclus.

POTIN. C'est vrai de sa main .. refusé...

GRIBOUILLET. Quoi, ma demande est repoussée.

POTIN. Hélas oui, mon ami.... c'est le cas d'être philosophe comm' dit c't autre.

GRIBOUILLET. Vous avez raison, Potin, c'est le cas d'être philosophe... usez du conseil, mon ami...car le débit de tabac n'est pas pour votre gendre... lisez plutôt.

POTIN. C'est une infamie!.. mais quel est donc ce garnement qui apporte d'aussi mauvaises nouvelles?

PROSPER, *à part.* Je m'embourbe de plus en plus.

POTIN. Ah! ça, inconnu, qui êtes-vous?

PROSPER, *à part, riant.* A-t-il une vilaine chevelure.

POTIN. Il me regarde d'un air bête et méprisant!.. gendarmes.... en prison.

TOUS. En prison, en prison.

PROSPER, *à part.* Ça se complique horriblement.

GRIBOUILLET, *qui a parcouru d'autres papiers.* Arrêtez... je tiens le nœud... ôtez tous vos chapeaux et vos casquettes et roulez-vous aux pieds de monsieur le sous-préfet... ce voile mystérieux couvre notre sous-préfet...

Tout le monde s'incline.

PROSPER, *à part.* Je suis sauvé! (*Haut.*) Mes chers administrés, je voulais garder l'anonyme... mais puisque le hasard m'a découvert, je jette l'incognito et je reprends mon nom et mon rang...

* Prosper, Potin, Gribouillet, Thérèse.

THÉRÈSE, *à part.* C'était le sous-préfet!..

PROSPER. Gribouillet, vous avez vu si j'étais votre ami.

GRIBOUILLET. Oui, monsieur le sous-préfet .. cependant eu égard à la pétition.

PROSPER. Soyez tranquille, je ferai mieux que ça pour vous. (*Il regarde Thérèse.*) Allons, ma voiture m'attend à quelques pas...adieu, mes amis.

POTIN, *à part.* Je le déteste ce sous-préfet... mais le devoir. (*Haut.*) Vive monsieur le sous-préfet!

TOUT LE MONDE. Vive monsieur le sous-préfet!

PROSPER. Il le désire autant que vous.

CHŒUR.

Air : *Au plaisir, à la folie* (Zampa).

Quel bonheur et quelle ivresse!
Ah! ce n'est plus un secret ;
Car le sort à notr' tendresse
Offre notre sous-préfet.
Vive notre sous-préfet!
Vive à jamais le sous-préfet!

Prosper va pour sortir et est heurté par Friquet, qui entre brusquement.

SCÈNE XVIII.

POTIN, FRIQUET, PROSPER, THÉRÈSE, GRIBOUILLET

FRIQUET. Qu'est-ce que vous dites donc là?.. vive monsieur le sous-préfet... je sors d'avec lui.

GRIBOUILLET. Le sous-préfet?

FRIQUET. Certainement.

PROSPER, *à part.* Imbécile!.. quand j'étais sauvé. (*Haut.*) Adieu, mes amis.

Il veut sortir.

POTIN. Un instant... que personne ne sorte.

PROSPER. Monsieur l'adjoint, prenez garde. (*A part.*) Décidément il a une vilaine chevelure.

POTIN. Je me risque... voyons Friquet, explique-toi?

FRIQUET. Rien de plus simple, je suis chargé par le nouveau sous-préfet de courir après son neveu qui s'est sauvé avec son habit et son chapeau... et de lui remettre cette lettre.

PROSPER, *prenant la lettre.* Une lettre pour moi... donne donc.

FRIQUET. Comment c'est vous?.. je suis bien aise voilà ma commission faite.

POTIN, *après avoir lu.* Une place à Paris... un beau mariage et mes dettes payées... ou bien en prison... mon choix n'est pas douteux.

GRIBOUILLET. Ah ça ! qu'est-ce que ça signifie ?

PROSPER. Rien de plus clair, je suis le neveu du sous-préfet... j'étais un mauvais sujet de célibataire, je ferai une bonne pâte de mari... je serai confiant, bon, complaisant, sourd et aveugle. . entendez-vous, M. Gribouillet.

GRIBOUILLET. Oui, jeune homme. (*A part.* (C'est égal, j'aime mieux qu'il retourne à Paris.

THÉRÈSE, *à part et soupirant.* Et moi aussi.

POTIN. Ah! ça!.. et mon enseigne? il faut donc que j'attende ?

GRIBOUILLET. Prenez cette tête.

POTIN. Mais je voulais un jeune Jupiter... les vieux Jupiter, c'est rococo, comm' dit c't autre.

PROSPER. Celui-ci est un Jupiter jeune France.

POTIN. Allons , je m'en arrange et pour tout concilier, je ferai écrire au bas : à la Barbe de Jupiter.

CHŒUR FINAL.

Air : Enfin dans ce jour. (Cinquantaine)

Vive ce beau jour
Qu'à tous la morale
Signale,
Enfin à son tour
L'hymen l'emporte sur l'amour

THÉRÈSE, au public.

Air de Julie.

Nos deux auteurs blottis dans la coulisse,
De votre arrêt attendent la teneur,
Si rien ne peut égaler leur supplice,
Rien ne pourrait surpasser leur bonheur.
Si dès ce soir leur Jupiter antique,
Avait pour vous, messieurs quelques appas,
Et si sa barbe ici ne tombait pas
Sous le rasoir de la critique.

Reprise du chœur.

Vive ce beau jour ! etc.

FIN.

www.ingramcontent.com/pod-product-compliance
Ingram Content Group UK Ltd.
Pitfield, Milton Keynes, MK11 3LW, UK
UKHW021638130726
13696UKWH00005B/2267